**VENTE AUX ENCHÈRES PUBLIQUES**

**HOTEL DROUOT, SALLE N° 1**

**Le Mercredi 19 Mai 1909, à 2 heures très précises**

# TABLEAUX

ANCIENS ET MODERNES

Pastels, Aquarelles, Gravures

MINIATURES

**FAIENCES, PORCELAINES**

*BRONZES, SCULPTURES*

**MEUBLES ET OBJETS D'ART**

DE L'EXTRÊME-ORIENT

BEAU LIT, CABINET, TABLES, TABOURETS
ORNEMENTS, PARAVENTS, etc.

Beaux ameublements de salle à manger Henri II et de chambre à coucher Louis XVI

MEUBLES DE SALON LOUIS XVI

***TAPIS, TENTURES***

Broderies chinoises

COMMISSAIRE-PRISEUR

**Me E. ORIGET**, 3, boulevard de Sébastopol

ASSISTÉ DE

*Pour les Tableaux anciens*

**M. PAUL SIMONS**

PEINTRE

*Expert près le Tribunal civil de la Seine*

23, rue des Martyrs

*Pour les Objets d'art et le Mobilier*

**MM. R. BLÉE & ROUGEYRON**

EXPERTS

34, rue de la Victoire

PARIS

EXPOSITION PUBLIQUE

**Le Mardi 18 Mai 1909, de deux heures à six heures**

## CONDITIONS DE LA VENTE

Elle sera faite *au comptant.*

Les adjudicataires paieront *dix pour cent* en sus des enchères.

L'exposition mettant le public à même de se rendre compte de l'état et de la nature des objets, *aucune réclamation* ne sera admise une fois l'adjudication prononcée.

Paris. — Imp. de l'Art, Ch. Berger, 41, rue de la Victoire

# DÉSIGNATION

## TABLEAUX ANCIENS
### ET MODERNES

AGRICOLA (Attribué à)

1 — *Paysage.*

Toile. Haut., 74 cent.; larg., 95 cent.

BASSAN (École de JACOB DA PONTE, dit LE)

2 — *Jésus et Marie de Magdala.*

Toile. Haut,, 80 cent.; larg., 1 m. 9 cent.
Cadre en bois sculpté et doré.

BRAKENBURG

3 — *La Dispute des commères.*

Toile. Haut., 50 cent.; larg., 62 cent.

BRAUWER (École de)

4 — *Scène de cabaret.*

Panneau. Haut., 27 cent.; larg., 34 cent.

BRIL (Attribué à PAUL)

5 — *Paysage.*

Toile. Haut., 82 cent.; larg., 1 m. 8 cent.

BRIL (Attribué à PAUL)

6 — *Paysage.*

Toile. Haut., 82 cent.; larg., 1 m. 8 cent.

COULET

7 — *La Femme au serin.*

Toile. Haut., 81 cent.; larg., 65 cent.

COYPEL (Attribué à ANTOINE)

8 — *Esther.*

Toile. Haut., 1 m. 40 cent.; larg., 1 m. 9 cent.

DROLLING

9 — *Portrait d'un Savant.*

Toile. Haut., 52 cent.; larg., 49 cent.

DUPONT

10 — *Danseuse.*

10 bis. — *Étude de nu.*

11 — *Tête de Femme.*

11 bis. — *Profil.*

12 — *Paysage.*

DUPRÉ (Attribué à VICTOR)

13 — *La Rivière.*

Panneau. Haut., 33 cent.; larg., 24 cent.

FABRITIUS

14 — *Portrait d'un Bourgmestre de Delft.*

Toile. Haut., 1 m. 14 cent.; larg., 81 cent.

GUIGUET (ALFRED)

15 — *Dans la caverne.*

Toile. Haut., 73 cent.; larg., 57 cent.

INNOCENTI

16 — *Propos galants.*

Haut., 46 cent.; larg., 61 cent.

JOUVENET (Attribué à)

17 — *Saint Bruno.*

Toile. Haut., 73 cent.; larg., 92 cent.

JULIARD (A.)

18 — *Les Malandrins.*

Toile. Haut., 59 cent.; larg., 73 cent.

KUVASSEG FILS. 1866.

19 — *La Tempête.*

Toile. Haut., 55 cent.; larg., 1 mètre.

LAURENS (J.-P.)

20 — *Mérovingien à cheval.* Étude.

Toile marouflée sur panneau.

Haut., 29 cent.; larg., 22 cent.

LEBRUN (D'après)

21 — *L'Assomption de la Vierge.*

Toile. Haut., 85 cent.; larg., 70 cent.

LEPRINCE (Attribué à)

22 — *Chinoiserie.*

Toile. Haut., 38 cent.; larg., 28 cent.

LUTSCHER (Fernand)

23 — *Bœuf dans un sentier à l'entrée d'un bois.*

Bois. Haut., 13 cent.; larg., 29 cent.

MADOU

24 — *Paysanne au repos.*

Toile. Haut., 29 cent.; larg., 22 cent.

MAILLARD (L.)

25 — *Chasseur à pied.*

Toile. Haut., 27 cent.; larg., 22 cent.

MANS (Attribué à)

26 — *Plage de Scheveningue.*

Panneau. Haut., 46 cent.; larg., 60 cent.

MANTEGNA (École de Andréa)

27 — *Ensevelissement du Christ.*

Toile. Haut., 45 cent.; larg., 54 cent.
Cadre en bois sculpté et doré.

MICHAUD

28 — *Paysage.*

Toile. Haut., 24 cent.; larg., 37 cent.

MICHEL (École de)

29 — *Paysage.*

Toile. Haut., 35 cent.; larg., 46 cent.

MICHEL-ANGE-BUONARROTI (École de)

30 — *Portrait de vieillard.*

Toile marouflée sur panneau.
Haut., 25 cent.; larg., 19 cent.
Cadre en bois sculpté et doré.

POUSSIN (D'après Nicolas)

31 — *Bacchante.*

Toile. Haut., 62 cent.; larg., 75 cent.

POUSSIN (École de Nicolas)

32 — *La Source endormie.*

Toile. Haut., 75 cent.; larg., 1 m. 65 cent.

POUSSIN (École de Nicolas)

33 — *Paysage.*

Toile. Haut., 32 cent.; larg., 40 cent.

ROYER (Lionel)

34 — *La Vestale.*

Peinture sur carton. Haut., 34 cent; larg., 24 cent.

STELLA (Attribué à JACQUES)

35 — *L'Adoration des Mages.*

Haut., 60 cent.; larg., 70 cent.

TENIERS (D'après DAVID)

36 — *Le Château fort.*

Panneau. Haut., 17 cent.; larg., 23 cent.

VALENTIN (D'après MOÏSE)

37 — *Les Amoureux.*

Toile. Haut., 76 cent.; larg., 58 cent.

ÉCOLE ESPAGNOLE

38 — *Portrait d'un Jeune Seigneur.*

Toile. Haut., 62 cent.; larg., 57 cent.

ÉCOLE FLAMANDE

39 — *Chiens et chat se disputant un faisan.*

Toile. Haut., 48 cent.; larg., 67 cent.

ÉCOLE FLAMANDE

40 — *Saint Bruno distribuant son bien aux pauvres.*

Toile. Haut., 65 cent.; larg., 1 m. 6 cent.

ÉCOLE FLAMANDE

41 — *Paysage.*

Toile. Haut., 22 cent.; larg., 30 cent.

ÉCOLE FLAMANDE

42 — *Ecce homo.*

Panneau. Haut., 25 cent.; larg., 21 cent

ÉCOLE FRANÇAISE (XVIII^e siècle)

43 — *Tityre, berger d'Arcadie.*

Toile. Haut., 47 cent.; larg., 36 cent.

ÉCOLE FRANÇAISE (XVIII^e siècle)

44 — *Portrait de Maurice de Saxe.*

Toile. Haut., 80 cent.; larg., 62 cent.

ÉCOLE FRANÇAISE
(Commencement du XIX^e siècle)

45 — *Portrait de A. F. Danneville enfant.*

Haut., 22 cent.; larg., 18 cent.

ÉCOLE FRANÇAISE

46 — *La Sainte.*

Peinture sur cuivre.

Haut., 15 cent.; larg., 12 cent.

ÉCOLE FRANÇAISE

47 — *Portrait de Femme* (XVIII^e *siècle*).

Toile. Haut., 80 cent.; larg., 67 cent.

ÉCOLE FRANÇAISE

48 — *Cupidon.*

Panneau-carton. Haut., 51 cent.; larg., 39 cent.

ÉCOLE FRANÇAISE

49 — *La Moisson.*

Panneau décoratif.

Toile. Haut., 54 cent.; larg., 82 cent.

ÉCOLE FRANÇAISE

50 — *Portrait de Femme.*

Toile. Haut., 40 cent.; larg., 30 cent.

ÉCOLE FRANÇAISE

51 — *La Toilette de Cléopâtre.*

Toile. Haut., 81 cent.; larg., 65 cent.

ÉCOLE FRANÇAISE

52 — *Portrait d'Officier.*

Toile. Haut., 71 cent.; larg., 57 cent.

ÉCOLE FRANÇAISE

53 — *Portrait de Femme.*

Toile. Haut., 55 cent.; larg., 46 cent.

ÉCOLE FRANÇAISE

54 — *Deux Panneaux décoratifs :* Sujets de chasse.

Toile. Haut., 97 cent.; larg., 1 m. 47 cent.

ÉCOLE FRANÇAISE

55 — *Deux Paysages animés.* Panneaux décoratifs.

Toile. Haut., 97 cent.; larg., 1 m. 47 cent.

ÉCOLE FRANÇAISE

56 — *Paysage accidenté.*

Toile. Haut., 33 cent.; larg., 45 cent.

ÉCOLE FRANÇAISE

57 — *Le Repos.*

Panneau. Haut., 21 cent.; larg., 18 cent.

ÉCOLE FRANÇAISE

58 — *Marine.*

Toile. Haut., 37 cent.; larg., 43 cent.

ÉCOLE HOLLANDAISE

59 — *Portrait de Femme.*

Panneau sur bois.
Haut., 66 cent.; larg., 52 cent.

ÉCOLE HOLLANDAISE

60 — *Paysage animé.*

Panneau. Haut., 60 cent.; larg., 50 cent.

ÉCOLE HOLLANDAISE

61 — *Le Passage de la Mer Rouge par les Hébreux.*

Panneau. Haut., 52 cent.; larg., 71 cent.
Cadre en bois sculpté et doré.

ÉCOLE ITALIENNE

62 — *Nature morte.*

Toile. Haut., 92 cent.; larg., 1 m. 15 cent.

ÉCOLE ITALIENNE

63 — *L'Enfance de Jésus.*

Toile. Haut., 53 cent.; larg., 45 cent.

*

## ÉCOLE ITALIENNE

64 — *Amphitrite.*

Toile. Haut., 95 cent.; larg., 1 m. 5 cent.

## ÉCOLE ITALIENNE

65 — *Salomé.*

Toile. Haut., 62 cent.; larg., 80 cent.

## ÉCOLE ITALIENNE

66 — *La Vierge aux enfants.*

Peinture sur cuivre.
Haut., 22 cent.; larg., 17 cent.

## ÉCOLE ITALIENNE

67 — *Sainte Cécile.*

Peinture sur cuivre.
Haut., 22 cent.; larg., 17 cent.

## ÉCOLE ITALIENNE

68 — *La Vierge et l'Enfant.*

Peinture sur fond d'or.
Panneau. Haut., 36 cent.; larg., 26 cent.
Cadre en bois sculpté et doré.

## ÉCOLE VÉNITIENNE

69 — *Vue de la Place et de l'Église Saint Marc.*

Toile. Haut., 50 cent.; larg., 82 cent.

69 *bis.* — Tableaux omis.

# PASTELS, AQUARELLES
## DESSINS, GRAVURES

### NOIRETERRE (Mlle Thérèse de)

70 — *Portrait d'Homme.*

Miniature ovale, argent doré.

### RUBENS (D'après P.-P.)

71 — *Scènes de chasse.* Quatre pièces.

Dessins rehaussés d'aquarelle exécutés sur parchemin. (Sera divisé.)

### SICARDI

72 — *Portrait d'Homme.*

Miniature octogonale. Cadre en or.

73 — *Jeune Femme faisant de la tapisserie.*

Miniature ronde.

### ÉCOLE FRANÇAISE

74 — *Portrait de Femme vue de face.*

Pastel.

### ÉCOLE FRANÇAISE

75 — *Jeune Femme lisant une lettre.*

Pastel.

ÉCOLE FRANÇAISE

76 — *Portrait de Jeune Fille.*

Pastel ovale.

ÉCOLE FRANÇAISE

77 — *Portrait d'Homme en habit bleu.*

Pastel ovale.

ÉCOLE FRANÇAISE

78 — *Portrait de Femme en bonnet.*

Pastel.

ÉCOLE FRANÇAISE

79 — *Portrait de Femme en bonnet à ruban.*

Pastel.

ÉCOLE FRANÇAISE

80 — *Les Ruines.*

Aquarelle.

81 — *La Mare.*

Aquarelle.

82 — *Portrait de Louis XVII.*

Dessin rehaussé de pastel.

Haut., 45 cent.; larg., 33 cent.

83 — *Portrait de Jeanne Potier.*

Dessin aux deux crayons.

84 — *L'Europe, l'Asie, l'Afrique, l'Amérique.*

Quatre gravures en noir.

## ECOLE FRANÇAISE

85 — *Portrait de P.-P. Rubens*, gravé par Audran, d'après Van Dyck.

Gravure en noir.

86 — Trois gravures en noir, d'après Boucher.

87 — *Arrivée de J.-J. Rousseau aux Champs-Élysées*

Gravure en noir, par Macret, d'après Moreau le Jeune.

88 — *Quatre Gravures en noir*, par Debucourt, d'après Carle Vernet.

89 — *L'Offrande à Vénus.*

Gravure en noir, par Bonnefoy, d'après Angelica Kauffmann.

90 — Deux gravures encadrées.

# FAIENCES, PORCELAINES

91 — Soupière oblongue, avec son couvercle et son plat. Ancienne faïence de Rouen. Décor fleuri bleu sur blanc.

92 — Bouquetière, faïence de Rouen. Décor bleu sur blanc.

93 — Soupière ronde et son couvercle. Décor fleuri polychrome.

94 — Autre soupière et son couvercle forme ovale. Décor chinois polychrome.

95 — Porte-huilier en faïence de Moustiers.

96 — Grand plat hexagonal, décoré d'une corbeille fleurie, bleu sur blanc. Ancienne faïence de Rouen.

97 — Plat long et creux, à bord contourné, décor de rocaille et d'attributs guerriers. Ancienne faïence de Moustiers.

98 — Plat long, décor fleuri. Faïence de Montpellier.

99 — Trois plats longs, décors de Strasbourg et de Moustiers.

100 — Plateau rectangulaire en faïence de Strasbourg.

101 — Plat rond en faïence de Moustiers.

102 — Plat creux à large marli, décor de personnages bleu sur blanc. Faïence italienne.

103 — Plat rond, décor d'armoiries, marli fleuri polychrome. Faïence de Delft.

104 — Plat rond, décor fleuri rayonnant bleu sur blanc. Faïence de Delft.

105 — Trois assiettes en faïence de Rouen, etc.

106 — Deux assiettes en faïence de Wedgwood.

107 — Portre-montre en faïence émaillée, décor à coquillage.

108 — Huit assiettes ou plats en porcelaine de Chine et du Japon.

109 — Coupe creuse à décor fleuri en porcelaine de Saxe.

110 — Assiette et verseuse, forme casque, en porcelaine de la Compagnie des Indes.

111 — Sept assiettes en porcelaine de Locré.

112 — Tasse droite et sa soucoupe en porcelaine de Sèvres, 1846.

113 — Chien griffon en porcelaine de Saxe.

114 — Bonbonnière en porcelaine de la Compagnie des Indes.

115 — Coffret, décor au vernis. XVIIIe siècle.

116 — Dessous de plat en faïence. Attribué à VIEILLARD.

117 — Deux potiches en porcelaine.

118 — Une pipe en bois sculpté, une croix reliquaire en argent, une médaille. (Sera divisé.)

119 — Treize volumes : Modes, Théâtre du Monde, Voyages de Cook, Œuvres de Delille, Don Quichotte.

## BRONZES, SCULPTURES

120 — Deux groupes en bronze patiné : *Hippomène et Atalante ; Nymphes et Enfants*, d'après CLODION.

121 — Deux statuettes de Cupidon. Bronze patiné, d'après V. BESAREL (Venise).

122 — Pendule en marbre noir, à sujet : Enfant et chèvre en bronze.

123 — Pendule en marbre blanc, à sujet : Poète en bronze.

124 — Lampe de parquet en bronze et onyx.

125 — Statuette de Diane en marbre sculpté.

126 — Devant de tabernacle, à consoles en marbre de couleurs. Style Louis XV.

127 — Profil de Christ en marbre sculpté. XVIIIe siècle. Cadre ovale en bois sculpté.

128 — Bustes du Christ et de la Vierge. Marbres sculptés.

129 — Bas-relief en marbre sculpté : la Vierge et l'Enfant. XVIIe siècle.

130 — Deux bas-reliefs en terre cuite. Allégories.

131 — Maquette en terre cuite : la Vérité.

132 — Bas-relief en cuivre repoussé : la Sainte Trinité.

133 — Deux cadres contenant 30 moulages : effigies des Rois de France.

# OBJETS D'ART
## ET D'AMEUBLEMENT
### MEUBLES DE L'EXTRÊME-ORIENT

134 — Beau et important lit, reposant sur un socle à quatre pieds et surmonté de son dais, en bois de fer sculpté et incrusté de nacre. Travail tonkinois. — Larg., 2 m. 37 cent.; prof., 1 m. 75 cent.; haut., 2 m. 52 cent.

135 — Paravent six feuilles, bois de fer incrusté de nacre, à décor de paysages et de personnages. Travail du Tonkin.

136 — Table carrée en bois de fer incrusté, à galerie ajourée, pied a quatre feuilles en bois sculpté et repercé, décor d'animaux dans des paysages.

137 — Deux chaises en bois de fer sculpté et repercé, style Louis XV. Travail du Tonkin.

138 — Bahut-cabinet, à quatre portes et trois tiroirs, en bois de fer finement sculpté de médaillons fleuris et d'animaux fantastiques.

139 — Important ornement de pagode en bois finement sculpté et partiellement doré, à nombreux personnages et animaux.

140 — Encadrement en bois sculpté et doré de branches fleuries et ornées.

141 — Étagère, à trois supports, sur fond entièrement sculpté de branches fleuries et d'oiseaux.

142 — Deux pieds d'éléphant creusés, et leur support, en bois de fer sculpté.

143 — Table rectangulaire en bois de fer sculpté et incrusté de nacre, décor fleuri. Dessus en marbre veiné.

144 — Deux panneaux sculptés, en plein bois de bambou, de fleurs et d'oiseaux.

145 — Encadrement de porte, en bois entièrement sculpté, ajouré et doré, orné de branches fleuries et d'oiseaux.

146 — Deux panneaux sculptés, en plein bois, de branches fleuries et d'oiseaux.

147 — Petite table-support carrée en bois de fer sculpté et à dessus de marbre.

148 — Autre table-support à cinq pieds cintrés en bois de fer sculpté.

149 — Tabouret en bois de fer et marbre.

150 — Vase-rouleau, décor de fleurs, gravé sous émail bleu-turquoise teinté.

151 — Six ornements de procession de forme variées en cuivre jaune gravé et orné de motifs en reliefs.

152 — Trois légumiers-circulaires et leurs couvercles en porcelaine de Chine, Compagnie des Indes, décorée de personnages et d'inscriptions.

153 — Deux vases en porcelaine de Chine, décor de paysages animés sur fond noir.

154 — Bol côtelé à couvercle en porcelaine de Chine. Compagnie des Indes.

155 — Théière, sucrier, deux tasses et sous-tasse de même porcelaine.

156 — Quatre coupes oblongues à fruits en porcelaine de Chine. Compagnie des Indes.

157 — Coupe à fruit, décorée au fond de cavaliers et de personnages.

158 — Autre coupe à fruit en forme de feuille en porcelaine de Chine, céladon.

159 — Groupe de deux personnages jouant avec un chien, ivoire sculpté.

160 — Groupe de singes, ivoire sculpté.

161 — Autre groupe, crapaud et singes, ivoire.

162 — Bol à bord découpé en cuivre à émail cloisonné fleuri sur fond gris.

163 — Coffret à opium en bois de fer incrusté de nacre.

164 — Lampe servant à brûler l'opium, argent ciselé et ajouré.

165 — Divinité assise tenant une boule, bronze ciselé partiellement doré. Socle en bois de fer.

166 — Statuette de chinoise sacrifiant, bronze ancien.

167 — Divinité assise, bronze ancien chinois. (Trace de dorure.)

168 — Salle à manger comprenant : un grand buffet, un dressoir, une desserte, une table et quatre allonges, douze chaises en noyer sculpté et ciré, de style Renaissance.

169 — Bel ameublement de chambre à coucher, comprenant : lit de milieu, armoire à glace, table de nuit en palissandre finement sculpté et ciré avec attributs en bois sculpté et doré. Style Louis XVI.

170 — Ameublement de salon, comprenant : canapé, quatre fauteuils et huit chaises en bois sculpté et peint gris trianon; fonds cannés.

171 — Commode, à trois tiroirs, en noyer sculpté, poignées et entrées de serrure en cuivre. Époque Louis XV.

172 — Commode, à deux grands tiroirs, en noyer sculpté, poignées en cuivre. Époque Louis XV.

173 — Table en chêne, à barre d'entre-jambe, chêne sculpté. Style Louis XIII.

174 — Console, à colonnes, en acajou ciré et cuivre. Époque Empire.

# TAPIS, TENTURES

## BRODERIES, TABLEAUX BRODÉS

175 — Grand et beau tapis d'Aubusson, style Louis XVI, fond clair avec bordure grenat.
Dimensions : 7 mètres sur 6 m. 70.

176 — Grand tapis de Héry, sur fond bleu foncé, dessin polychrome, bordure bleue.

177 — Tapis, à fond bleu, dessin polychrome, bordure à fond rose.

178 — Tapis, chemin sur fond, dessin à grand médaillon et angles décorés.

179 — Tapis de prière, à dessin polychrome sur fond bleu.

180 — Tapis Smyrne.

181 — Trois couvertures de cheval Karamanie.

182 — Deux rideaux de Karamanie.

183 — Cinq autres rideaux de Karamanie.

184 — Deux tableaux brodés au passé chenillé : Sujets bibliques.

185 — Tableau brodé au passé chenillé sur fond gouaché : Paysage animé.

186 — Beau dessus de lit en soie blanche, à longs effilés, brodé au centre d'un médaillon à personnages et entouré de rinceaux fleuris, en soie polychrome. Travail chinois.

187 — Tenture en soie rouge, brodée de médaillons à dragons, et de motifs fleuris. Travail chinois.

188 — Lot de broderies sur soie et sur drap. Travail chinois. (Sera divisé.)

189 — Objets omis.

www.ingramcontent.com/pod-product-compliance
Ingram Content Group UK Ltd.
Pitfield, Milton Keynes, MK11 3LW, UK
UKHW021118290826
14628UKWH00014B/2826

9 782329 444987